U0068086

小味趣

DJ之神、六色羽、雪倫湖　合著

天空數位圖書出版
Family Sky

目錄

熱鬧的農曆七月

文：DJ 之神

說說前幾個月，農曆七月期間發生的趣事。

2018 年初，我開始踏入身心靈療癒之路，開始學會療癒，用傳統的說法就是開始修行。透過修練，我找回了人類與生俱來對於宇宙萬物的感知，包含對無形存在的感應。

進入了農曆七月後，第一次能感受到整個磁場的不同，在黑夜，在夜空，在陰暗的樓梯間，一切都不再寂靜。就連我修練的道場，也常常受到好兄弟們的「拜訪」。

首先是我在為上師錄製線上課程節目時，毛片中的音軌遭到了「置入」，當我打開影片剪輯時，發現在導師所說的幾句話內，赫然出現了音頻極高的干擾音，那聲音猶如輪胎打滑時與地面不斷摩擦所產生的尖銳聲響。事後，我還得與老師重錄好幾個橋段才順利完成整個教學影片。

第二次發生在導師上課期間，我擔任現場教學回顧影片的播放員，當時播放影片時電腦與音響是用藍芽的方式進行無線連接。一播放影片當下，影片聲音變得斷斷續續且有雜音不停干擾，在當下老師便感受到了異狀，而我也感受到了整個道場磁場紊亂。我們立即做了煙供(註)進行超度後，再次播放影片，一切才終於正常。

一個晚上，我一個人在宿舍內熟睡，那時凌晨四點，忽然一個人在我耳旁大叫，是一個男子的聲音，讓我驚醒，當下我沒有太多反應，只是覺得這些好兄弟真的很厭煩，我並未對他做出太多回應便再次睡去。幾天後，老婆與女兒跟著我在宿舍一起睡覺，睡到凌晨三點女兒忽然嚎

嗚大哭，而且伴隨著尖叫，當下我感應到了「他」正抓著我女兒的脖子與大腿不放手。我曾試圖給予祝福的溫柔能量超渡他，卻未見效果，最後點了煙供後他才安然離去。

後來，透過溝通，我才理解到住在我宿舍內的好兄弟對我煙供只對著戶外的無形做佈施感到不滿，認為我只將愛給外人而不給常伴我左右的他們，在傾聽他們的心願後，每天晚上，我會發心無條件煙供給室內外所有鬼神，從此以後，我每天都可以好好睡上一覺。

以前聽到「鬼」或是「好兄弟」一詞會心生畏懼，後來透過修練親自感應到他們存在時反而沒那麼害怕。他們就是內在受傷的人，在死後遺憾未了而逗留在人間。面對他們其實很簡單，他們就像蹲在地上獨自畫圈圈的小男孩，需要關切與呵護罷了，當我看見他們的傷，自然能夠給出關愛，他們就天真地笑開懷。

他們是單純的存在，不像活著的人會耍心機，明明生氣卻說沒生氣，轉過身卻在背後捅你一刀。當你發心地關愛這些與你存在同一空間中的無形們，他們也會感激你，在人生道路上默默地幫助你。

好兄弟一點也不可怕，有的時候，人心比好兄弟更可怕。

註:煙供資料請參考

https://marcpolly.pixnet.net/blog/post/315615548

小趣味

從科學到身心靈

文：DJ 之神

DJ之神

　　我畢業於理工科系的研究所，曾是個虔誠的科學信仰者，對於科學無法證明的一切難以相信其存在。像是神、靈魂等無形界等，一直在我的認知範疇外。那時的我認為科學是主宰當今世界的一切，也是推進人類進步的最大動力，當我掌握了科學知識，我就能夠掌握天下。

　　一場大病讓我從小到大所建立的科學巨塔，完全傾圮。從 2014 年開始，身體開始出現了各種症狀，一開始是腸胃，接著喉嚨開始出問題，接著連精神也出現一些症狀，那時我四處求醫，腸胃科、耳鼻喉科、身心科、中醫，從診所到大醫院都跑遍，卻從來無法根治。我才慢慢理解到，原來科學，並無法解決我所有的問題。

　　2018 年底，精神疾病大爆發，心理諮商師告訴我說我的症狀無法痊癒，只能將症狀控制在一定區間，此時我萬念俱灰，甚至動了輕生的念頭。然而在絕望的盡頭，我迎來了開啟全新人生的契機。

　　因緣際會，母親的朋友介紹我去一間身心靈療癒學院所開的療癒課程，透過課程學會自我療癒。以我的認知，身心靈這三個字太過空泛，我無法以任何邏輯去定位身心靈所帶給我們的具體內容，然而對當時已在鬼門關前徘徊的我而言，只要是能夠讓我從苦海裡解脫的一切，我都願意嘗試。

　　上完課程後，我照著課堂上導師所授予的一切，回家進行自我療癒。神奇的是，兩個禮拜內，纏著我兩年多的慢性胃炎痊癒，兩年多來第一次感到肚子餓。半年後，拖了五年多的慢性咽喉炎痊癒。一年多之後，伴隨我十幾年的憂鬱症、恐慌症痊癒。最嚴重時期，我曾一天吃到三十

多顆藥物，到透過療癒的方式讓所有症狀不藥而癒，我經歷了前所未有的奇幻旅程。

透過療癒，我感受到了「靈魂」，感受到了「神性」，也能開始感受到環境中存在的高靈與好兄弟，這無法用科學解釋的一切，我卻時時刻刻體驗著。我才發現從前的我對於不存在的一切存有太多的偏見，而從未用卑微的心態去接受與學習。

這幾年關於身心靈的書籍在仿間書局開始流行，以前人們只談身心，現在開始談論了身心靈。我在踏上身心靈療癒之路已快三年，這中間發生的奇幻故事，難以用幾行字道盡。我只能說，這世界比我想像的浩瀚許多。

科學並非不夠好，而是它發跡的時間相對於整個宇宙的年齡可說是奈米級的微乎其微，就連人類尚無法探索整個地球海洋的全貌，更何況是窺探全宇宙的奧秘。

而身心靈在談的，就是宇宙法則，人類窮極一切所欲探求的，都在這們新興學問裡。奇妙的是，身心靈從不講究往外探索，反而是向內覺察，覺察靈魂深處的一切。

當你能夠洞悉內在靈魂的一切，你就能探索整個宇宙的真理。

小趣味

8

烏蘭布和

文：DJ 之神

DJ之神

　　下午五點，夕陽沉淪在漠峰山脊，將整片沙漠曝曬成一片火紅色的海，寧靜而莊嚴。這裡是內蒙古烏蘭布和沙漠，蒙古語意為「紅色的公牛」，從字義上看得出遠古的人們對這片沙漠有多麼敬仰。從小在電視上看見的大漠風景，一轉眼我竟然身處其中，多麼地不可思議。十一月初，深秋的沙漠白晝並不炙熱亦不寒冷，開始徒步旅程時並不會揮汗如雨，但走起來並沒有像走一般都市道路那麼輕鬆，沙地是會讓腳步下沉的，我必須用更大的力氣邁步前進。

　　非常有幸，我隨著藝識流療癒師星際團隊與內蒙古當地的戶外菁英團隊運籌帷幄下所舉辦的「心旅程新征途」徒步遠征沙漠行程，須跟隨團隊在兩天內走完 40 公里的沙漠路途。

　　這次的沙漠遠征行程採分組賽制，每隊隊員全體須團結一心一同為團隊爭取最高榮譽，唯有全體隊員全數抵達終點後始得計算完整徒步穿越沙漠的時間，只要一個隊員因故未到達終點就視同整隊棄賽，如何團結合作讓每一個隊員在最短時間內皆到達終點是非常重要的課題。

　　在浩瀚的沙漠之中只能選擇前進，沒有後退的餘地，為了一起與團隊用最快速度到達終點，在面對各種挑戰與困難時當下就得立即排除與調整，也許是面對無窮無盡的沙漠時開始懷疑自己能否走完全程、也許是隊友腳抽筋不能再前進、也許是面對一座巨大的沙漠高峰覺得無法攻頂、也許是發現路線設定錯誤導致多繞了好幾段路，我們都得一一克服各種障礙。令人振奮的是，我們隊伍雖然一開始遭遇各種狀況而落在最

後一名，在各隊員調整狀態並用愛支持彼此後重新出發，我們漸漸超越了其他隊伍，最後奪得第二名成績。

在超越其他隊伍的當下，我們其實也超越了自身的障礙，將人生中以為不可能做到的一切創化為現實。人生不也是這樣？在遭遇生活中重重障礙與難關時，我們當下就能夠選擇面對並破除它，只是許多時刻我們慣於將問題留給下一刻而拖延了問題解決的時機。然而沙漠給我的體驗即是，生命只存在於當下，我們有能力在每一個當下選擇勇敢面對內心的恐懼，超越各種障礙，生命在每個當下都能夠立即轉換而成為更美好的存在。

路，總是會有盡頭的，當你終於克服了一切，看見終點線就在前方的那瞬間，你將清楚明白，這世界再也沒有什麼難得倒你。你的心，也在這段旅程的淬鍊下變得更強大光亮，強大到足以更輕鬆面對人生中接下來種種難關。

人生之路也是會有盡頭的，這人生的旅途最重要的不是我們是否能到達我們設想的終點，而是人生道路上的每一步，我們是否微笑著邁開步伐。40公里的徒步旅途上一點都不孤單，團隊裡的夥伴一直都會陪伴在身旁，告訴你看似高低起伏難走的徒步沙漠旅途，其實很幸福。

小趣味

沒有導航的那些年

文：DJ 之神

　　我騎著 100cc 的摩托車，馳乘在西濱公路上，一路往南，從新竹到台中。騎累了，就將機車停妥，靜靜坐在機車坐墊上望著一望無際的濱海風景，吹著海風，讓陽光將我的臉龐曬到微醺。15 年前，我大學二年級，我常常喜歡一個人騎著機車遠行。那時，還沒有智慧型手機，我無法時時刻刻低頭滑著手機，讓 app 塞滿我的生活，那時旅行最大的樂趣，就是沿途閱讀著真實的美好風景。

　　無論何時，我的機車坐墊下總是放著一本台灣地圖，在旅行的時候，到了陌生的城市或鄉間，我都能打開地圖仔細研究當下的位置。沒有指南針的功能，無法在地圖上一滑指就可以任意瀏覽方位、路徑、將地圖放大或縮小，一切只能憑路標、風景和直覺，最重要的，還有一張嘴。套一句憲哥的名言：「地圖長在嘴上。」沒錯，親口問著熟路的人，感受著對方為我報路的熱情，我將自己放心交給一個陌生人，這也是旅行的樂趣之一。透過問路，我只能說，沿路上最美好的風景，就是人情味。

　　十幾年過去了，智慧型手機問世，導航也開始普及，紙本地圖漸漸被取代。透過 GPS 定位、路線設定、路況查詢等功能，讓我們在旅行時不再有任何陌生感，我們得到了便利，卻也少了深度探索與放逐的樂趣。以往慣於單純欣賞風景與當地美食的人們，已經將拍照打卡列為旅行的必要儀式，按下手機上的發布鍵，全世界就能瀏覽你的視野。這沒有不好，透過網路，我們不再迷路，只是容易沉浸在虛擬世界而忽略真實世界的溫度。

　　十一月，北部進入了飄雨冬季，今日難得好天氣，萬里無雲，微風不溼冷亦不燥熱，沒有一絲負擔地拂來。我走進人潮熙來攘往的十分老街裡，倚靠在鐵軌旁的欄杆上，看著一組組放著天燈的遊客開心在鐵軌上拍照打卡，他們享受著放天燈的樂趣，而我享受著他們樂在其中的滋味，只用回憶記錄著，稍縱即逝卻難以忘懷。回家的路上，車上的導航明確指著回家路線，並告知我速限，隨著 Hebe 小幸運的歌曲，陪我一路哼回家。

　　我想起了常常騎到一半將機車停靠在路邊拿著地圖研究的小伙子，開心為著未知的旅途而感到興奮不已。我索性將導航關掉，打開所有車窗，讓所有的感官刺激，徒留單純的風聲和引擎聲浪，鳴奏著那最溫柔和最狂野的浪漫協奏曲。

　　旅行最吸引我的不是目的地，而是探索未知的樂趣。

小趣味

雨中路跑

文：DJ 之神

DJ之神

最近愛上了路跑這運動，原因很多個。

最近常常坐在辦公室吹冷氣，下班後又到圖書館繼續念書，每天就是一直坐著不運動，感覺身體都快生鏽了。然而身體是上天賜予的禮物，當我們越善待它，它就越會回報我們幸福的生活。

說到可以減肥，又可以提升體力的運動當然就是有氧運動，而說到有氧運動最簡單不用花太多錢的莫過於想跑就可以開始跑起來的路跑啦！不過需要注意的是路跑時，最好還是穿上慢跑鞋跑步，一來不傷腳，二來慢跑鞋比較輕也比較適合長時間的運動。

在跑步的時候我會帶著手機，搭配著跑步用的 APP 計算自己跑步的速度、時間、消耗的熱量、跑步的路線，每天都可以挑戰自己的紀錄。看著自己跑步的時間愈來越短速度越來越快，然後感覺身體比以前輕，看著手機裡頭累積的路跑總里程數越來越多，心裡滿滿的是成就感。

有的時候，天公不做美，傾盆大雨就這樣澆息了我運動的熱情。不過我想，若是每次下雨我就不跑步，那我跑步的次數不就會因為天氣因素而減少許多？加上北部的冬天又是大風大雨，不跑步不運動，很容易就又變回成天窩在宿舍的宅男。

不行，絕不能因為天氣就輕易地退縮！

　　碰巧這天下午是個典型的夏季對流雨，雨下得又大又急，我感覺老天爺又想用這波攻勢嘲笑我對於運動的不堅持，但我的個性就是遇強則強，絕不退縮。於是決定，就來進行第一次雨中路跑。

　　跨出家門第一步，雨水迅速地淋濕了我的肩膀，眼鏡也多了許多雨滴而變得模糊，但視線還算清晰。於是我一路跑到了位在住家隔壁的超大水泥廣場，那裡很空曠，比學校的操場大兩倍，很適合跑步。我抱持著堅定的心情勇敢地踏出每一步，就算踩到了水坑，雨水灌滿了整隻慢跑鞋而使鞋變得沉重，但這一切挑戰只會讓我越挫越勇。

　　在空無一人的廣場上，我越跑越興奮，越來越興奮……

　　直到看到了一到閃光從不遠的天空劈下來，沒過多久聽到了非常巨大的轟隆聲。然後看了一下廣場，除了我、一台車，空空如也，想當然在場我是雷擊最大的目標，在當下我立即切換模式，以跑百米速度衝回家。

　　第一次雨中路跑就這樣結束，活著真好。

　　第二次路跑，是在下著細雨，伴隨著入秋後第一波鋒面的夜晚。微涼雨微斜，樹不斷被風搖曳輕輕地抖落了盛夏。來吧，這正是最適合雨中路跑的時候，不會有閃電，剛開始依然是惱人的雨水和會帶走體溫的風，不過隨著身子熱了開來之後，我只聽得見自己的腳步聲和喘息聲，到最後只剩下自己與身體的對話。雨水浸濕了我的視野，用手豪邁地抹

去臉上一灘水後更奮力地往前跑，風不再帶走我的體溫，下雨的夜因我的鬥志而沸騰。

我很享受這種感覺，享受因為戰勝阻礙和自我而興奮，這也為平淡的生活增添不少樂趣。跑完步後痛痛快快洗個熱水澡，用男人專用的洗面乳、洗髮乳、沐浴乳讓我的身體再度充滿男人味。洗完澡後再來杯豆漿，讚啦！

雨中路跑，這是與自己身體的對話，也是男人的浪漫。

狂風的那些日子

文：DJ 之神

DJ之神

　　在新竹生活的那幾年，讓我印象最深刻的是九降風。進入冬季後，關西平原的東北季風增強，夾帶著強烈寒意與雨水，這樣的狂風一往身上撲，常常讓我懷疑人生。

　　我是個土生土長的高雄人，習慣了南方冬季時陽光滿地的和煦天氣，而北方的冬季總是微雨，低溫動輒不到 15 度。我走著路，騎著車，一旦那讓人瞬間失溫的寒風拂上來，我就開始想念南方的藍色天空。

　　風城顧名思義，風是這座城市的主題。就算在室內，關緊門窗，依然可以聽到窗外狂風的呼嘯聲。那時的我剛出社會，經濟能力不算優渥，住不起設有能暖空調的宿舍，只是簡單買個小暖爐開著取暖，當溫度低於 10 度，就算開著暖爐房間感覺依然宛如冰箱。

　　在那樣的氣候條件下出門對我而言是極為折磨的事情，那時的我沒汽車，只能騎機車通勤，意味著我必須百分百面對新竹凜冽的狂風。印象最深刻的一次行車經驗，是在一個大晴天，雖然有太陽但溫度低的離奇，只有 9 度。我將全身包緊，騎車在一條筆直的大路上，瞬間襲來側面強風，震得我機車車身劇烈搖晃，一個不穩，龍頭一歪，我朝著路邊電線杆直直駛去，最後撞了上去。

　　停在電線杆前，我不禁默默問著自己：「為什麼我還要一個人在北方流浪？」

　　在那一刻，我下定決心，無論如何，一定要回到溫暖的南方工作，和家人一起團圓過生活。

　　過了幾年的努力，最後終於如願以償，我考上了公務員，分發到了高雄家裡附近服務。那時，我終於能夠享受一整個冬季的陽光。每當氣象報導寒流來襲，北部飄起陣陣微雨，風城再度起風時，我很慶幸能夠徜徉在一整個下午的陽光照耀裡。

　　下午四點，漫步在旗津的海岸邊，感受著甚至有點溫暖的海風，我很感恩自己做了這樣的選擇。偶爾清晨，高雄的溫度會低於 20 度，我卻不會因此顫抖，並拒絕出門。我知道，當我願意走出家門，會有一整片湛藍天空和柔情的陽光等著我。

　　「你是不是變得更不怕冷了？」一個聲音忽然從心底出現。

　　對，我想起了在新竹那幾一年，一個人吹著風雨生活奮鬥的日子。這樣的狂風在我快放棄夢想時，總是提醒我要懂得堅持。逆風而行，終能高飛。是狂風的那些日子，教會了我成長，凜冽的背後原來是滿滿的祝福。

　　我邁開了步伐，辭去了安逸的公務員生活，只為更大的理想。我再次驅車前往台灣北方的城市，那裡的冬天更冷、更濕，更是讓人想要逃離。而學會堅持夢想的我，太過明瞭當內在築夢的願景清晰，任何一切都無法阻擋。

　　狂風的那些日子，教會了我要瘋狂去生活，在有限的人生裡去開創無限的可能。

小趣味

等一場雨

文：DJ之神

DJ之神

那天下午，大雨開始滂沱後，好久好久都沒停止。雖然包了一層扎實的雨衣雨褲，在長達四十分鐘的車程，從上班的地方經由山路慢慢蜿蜒回家，到最後期時只剩防寒的功用。雨滴很大，慢慢地滲入衣褲，山道上的視野迷濛，也只有我一台車，像個白癡的騎那麼長的路。

這場雨，讓某些地區開始淹水。雨如機槍激射出的子彈，由上往下轟炸暴露於天空之下的獵物。雲黑得像是累積已久的疲憊，令人懾服。雖然騎車的我早已身重多槍，但我卻仍緩慢地、優閒地哼著歌。

「好想淋雨。」

明明過得不怎麼樣，不怎麼樣難熬。那場雨，仍降落在沙岸－沉默的鋼琴，在琴鍵上，仍試圖摸索出心碎的旋律，就算是只彈給自己聽也好，我想聽聽我心碎的聲音，是否像流向大海的河流，那麼無助般地無法挽回。

我已像礁石，在哭泣的海岸沉默太久，當每一波傷心的浪潮試著拍醒我沉默已久的悲傷我仍無動於衷，靜靜等待被侵蝕成塵埃。背對繁華的生活島嶼，面向大海，在遠方，原來我們以為的世界，是藍與藍深沉憂愁的無限交會。

在我的眼中，小時候永遠是在一個公園中的溜滑梯下追逐，畫面是金黃色的，每個歡笑跟動作都好緩慢，好美好。白雲化蒼狗，當我放下了彈珠，提起了公事包，好多的寶藏在不知不覺已被我埋入時間的流沙中，漸漸下沉，好多好多都不再能夠摸索。

在成長漫長的路途上，本該經歷的每場雨，我都慣於忽略而過，以為這樣自己就不悲傷了，卻壓抑成心裡揮之不去的烏雲。熬過了漫長的旅途，終於擁抱了一望無際的藍天，此時此刻的我，卻更想擁抱一場大雨。

雨就這樣一直下，天空像是在釋懷什麼不被人懂的心酸。這一哭，好像就永遠都不想停止。我穿梭在煙雨的時光隧道中，看到了以前太多黑白無聲的畫面。那些曾遇到過的挫折與太多難熬像野獸不斷吞噬以前的我，我痛得抱著胸口躺在地上。

好幾次有太多不被人懂得痛，我說不出口，只能躲在角落自己安慰自己一切都會沒事，然後又試著拉開微笑繼續生活。好久好久，每當世界只剩下我一個人，我就不再微笑。

那些挫折又狠狠把我撞在地上，我不服氣地忍住傷痛狠狠地爬了起來。下一個難熬的明天又將繼續，時間不斷往後移，往後移……直到時間將場景拉到了我的機車握把、車速表，和不斷在後退的雨中世界。大雨打得我很痛，又將我從黑白的回憶世界拉了回來。

「為什麼當一切變得順遂之後，我卻從來不感到快樂？」

才發現，大雨教會了我一件事。

　　我早已習慣了藍天，忘了有些傷，若不哭出來就永遠是傷了，看不到彩虹。有的時候，我在等一場雨，等一場可以釋放自我的雨。才發現，我和從前的我，有些地方都是一樣的。

　　今天的天氣，有烏雲，像是一如往常的我，默默地在等待一場雨。

翹課的那些日子

文：DJ 之神

　　有時海邊，有時老街。在禮拜一到五的白天，這些地方都很空曠，很恬靜。這段時間，大部分的人忙著上班上課，無閒暇出外走走，除了翹課的我之外。我常騎著車漫無目的地在無人的公路上，帶著沒有面罩的安全帽，讓微涼的風將我的雙眼吹得流淚。我很喜歡這樣的感受，當視野變得模糊，一切似乎就變得浪漫。不用看清人生中的甚麼，比如說關於現實的壓力，讓自己暫時沉浸在歲月靜好的情境裡，也許就能找回一點面對殘酷的勇氣。

　　生物化學、流體力學、工程數學……沒錯，曾經讀大學的我是個愛翹課的學生，以為多逃避點課業的進度，就能多換取點快樂的資糧。那時，我不為什麼活著，全心全意地只想讓自己開心，那時的我座右銘就是「若人生以快樂為目的又何妨？」

　　那時沒有智慧型手機，沒有 GPS，不會一打卡就將自己的行蹤昭告全天下，當我決心要暫時離開這世界，或許只有拂過指縫的風能感知我的體溫。親愛的現實，請允許我暫時的消失。

　　白雲蒼狗，十年之後，我還是經過同一個風景，有時會經過我翹課後常去的現實避風港，卻是不同的心境。站在旗津的海邊、內灣的老街，吃著相同味道的烤魷魚、或野薑花粽，卻品味出截然不同的人生滋味。

　　「真懷念那一段不為什麼而活的人生啊，最盲目卻也最自由。」我微笑，摸摸女兒的頭，再牽著老婆的手繼續往前走。以前人生的滋味是自由，現在是甜蜜。

　　我成為了老公、成為了父親、成為了名片上那行銷自己的職稱，成為了這年紀常有的角色身分，我曾以為我會在這些角色裡失去了自由，卻在學習如何扮演好這些角色的途中，變得更加成熟穩重。不會因為忙碌，就覺得失去悠閒而過得辛苦。我開始喜歡我眼裡的自己，那個願意為所有一切負責的自己。

　　我開著車，經過一如往常的風景，風聲被阻擋在車外，一切變得好靜謐。老婆和小孩在後座熟睡，我看著後照鏡裡更成熟的自己，不禁莞爾。

　　「真正的自由是什麼呢？」我問問自己。

　　窗外迎面而來的雨滴打在擋風玻璃上，模糊了視野，又再度被雨刷撥開。

　　「我想，真正的自由，就是過著真正想要的生活吧！」

　　現在的我，和翹課的那個我，一同笑了開來。

小趣味

公務員的那些日子

文：DJ 之神

　　早上進入辦公室第一件事，打開電腦，查看電子公文夾進來了哪些公文，大略瀏覽一遍，排定今日工作進度後，我起身了。

　　辦公室中央區域擺放著同事們合資採買的咖啡豆與沖泡咖啡器具，我舀了幾匙咖啡豆，用磨豆機磨碎後，用 85 度的熱開水沖泡一杯悠閒的早晨，美好的一天就從這裡開始。

　　我給自己約 15 分鐘的時間吃個早餐配著咖啡，提神醒腦後，就進入了精實的一天。

　　辦公室的登記桌總在我來不及辦完最後一張公文時，又將看似源源不絕的公文傳遞進我的電子公文夾，桌上的紙本公文也像除不盡的雜草不斷叢生，不停挑戰我消化公文的功力。

　　辦公桌前不時響起的電話，常常一接起就是一個新的臨時交辦事項，在辦理公文之餘還要花額外的時間去處理，往往時間分配就變得很重要。

　　那段日子，忙碌的時候真的很忙碌，卻也忙得很開心，看著業務一件件推動，心裡滿滿的是成就感，要說從工作上最大的快樂，就是這件事了吧！

　　因為工作性質常常需要出差去澎湖，這成了我最期待的事情。雖然白天依然要專注於工作，然而夜晚，騎車環島成了我最大的樂趣。我會趁著太陽未下山前到西嶼燈塔吹著海風，望著夕陽漸漸沉淪在大海。入

夜後會悠閒地在市中心的街道上閒晃，吃著當地有名的小吃，阿爆香腸、馬路益燒肉飯都是我常光顧的好地方。

白天的澎湖是無盡的蒼芎藍，無論到哪裡，海角和天邊總是連成一線，看不清邊界，視野是無盡的遼闊，所以每當我出差時，心境也自由而喜悅。

公務員的那些日子，假日偶爾需要加班，但大致上算是穩定，可以有足夠時間享受家庭生活，假日常常能夠安排出遠門踏青，體驗大自然的贈與。坦白說，我很愛這樣的生活。

然而，我知道我這輩子不只是為了公務員的工作而活，我還有使命、有夢想，我想在有生之年體驗更不一樣的人生，於是我辭去了公務員穩定的工作，選擇成為電視台、網紅編劇，以及成為身心靈療癒學院的療癒師，協助更多人在家庭、事業及健康上都能有所突破。

我知道我能為這社會貢獻更多的心力，有更多人因為看到我的作品而感動、有更多人因為我的支持，生命開始蛻變，這份感動與喜悅是前所未有的。

現在的我，因為同時擁有多個身分，所以生活極度忙碌，也許不能常常去澎湖享受藍天與海景，不能常常悠閒地度假，但我從不為自己的選擇而後悔。

我在台北繁華的大都市裡，努力發揮自己的天賦，讓自己發光發熱，讓更多人因為自己而能有所轉換。

小趣味

　而有時的深夜，在電腦前，我寫著劇本，桌上放著一杯威士忌，我輕輕啜飲一口，公務員時期早晨一杯咖啡的情景再度浮現。我莞爾，再啜飲一口威士忌，紀念我美好的一切人生。

蛻變

文：DJ之神

DJ之神

松樹在一陣陣寒流的拜訪下，葉子變得金黃，在路人將自己裹緊之際，它卻綻放著生命的光彩，只為迎接下一段生命的更迭。

枯萎，是為了蛻變。一顆松果落地，就是一個輪迴。

這樣的風景，在人生的旅途中我不知已看了幾回，一眨眼已來到第三十四個年頭，稚嫩的眼眸也被歲月的風沙洗練得更加深邃，我望著火車窗外後退拉扯的動態模糊影像，讓自己毫不保留地被歲月帶往人生的下一站。

若我因打盹而輕閉雙眼，會不會又錯過哪些被時光帶走的擁有？

我擁有過春天的初醒，盛夏的旺盛，深秋的深情，寒冬的初雪，那些經歷過的冷冷暖暖，一層一層，都刻劃在生命的年輪裡。

我的人生故事其實很精采，精彩到不知從哪一篇章開始說起。

從小成績欠佳，高中念的是私校，直到高三那一年為了不造成家裡的經濟負擔，立志考上國立大學，成績從未進過前十名的我，最後卻以全校前三名的成績畢業。

國三那一年，我被同班同學霸凌，靠著意志力撐過了青春期最難熬的歲月。

　　大學升研究所考試，我立志要成為國內頂尖的高材生，在努力用功一年後，如願的考進了交大，這對於曾經成績平凡的學生來說，是多麼夢寐以求的事情。

　　從小到大國文程度不算頂尖的我，為了像九把刀一樣成為知名小說家，而拼命創作，在毫無創作底子的前提下，每天至少創作 1000 字的小說與散文，兩年內，我開始得文學獎。

　　在科技業那段忙碌的日子裡，為了尋找更穩定的工作與人生，我邊工作邊準備公務人員考試，在過了一年睡不飽的日子後，順利考取公務人員資格。

　　在當公務員的期間，嚴重的憂鬱症、躁鬱症等症狀爆發，我失去了生活的熱情與希望，曾經一度在鬼門關前徘徊。後來接觸了身心靈療癒，並藉由療癒找回全然的健康與喜悅，並開啟創作天賦。為了追求更精采的人生，我毅然決定放下公務員穩定的生活，成為了編劇與療癒師，開啟了新的斜槓人生……

　　我繼續望著火車窗外的風景，出現了站牌，站牌上寫著「35 歲，輝煌燦爛」。

　　我體驗過怒風暴雨，才更懂得珍惜與感恩生命中擁有的每一分幸福，無論是寒冬的難熬或夏至的美好，最終都釀成心中輝煌燦爛的詩句。那些人生經歷都是現在的養分，羽化我背後的翅膀，讓我得以用自己心中所有的力量，乘風飛翔。

小趣味

　　那怕寒冬再次降臨，我也會開展金黃色羽翼，勇敢活出輝煌燦爛的
人生。

突然看到種子！

文：六色羽

　　剖開青椒，看著它綠油油的肚腹裡，有一排排鱗片狀如小乳牙的種子，我的密集恐懼症有些復發，指間輕輕一撥，純白無暇的種子如彈跳蹦出的雪花，撒在黑色大理石上。

　　知道芭樂的種子是什麼形狀嗎？是愛心。為了仔細將它們看得清清楚楚，我還特地買了顯微鏡。

　　這些日常原本都會成為垃圾的生廚餘，直到某次偶然間在網路上，瀏覽到『千畦種籽博物館』後，我訝然發現，原來我們身邊周遭，一直都圍繞著種子這樣神奇又美妙的藝術品而不自知！我有如獲稀世珍寶的大發現。

　　我又切了一顆白岑岑的苦瓜，它白裡透出的翠綠色光澤，腦海裡總會閃現一樽寂靜閉目的玉觀音。藏在它腹裡呈龜殼狀的六角形米白種子，邊緣烙下了陽光觸摸後，變成層次漸深的碳棕色，讓人迫不及待裝到玻璃瓶子裡。

　　百香果種子，簡直就是成果的縮影，密密麻麻的小顆粒，擠在不到0.5 公分的種子中，想像一下根莖葉全部從這個不起眼的黑點開始，最後冒出有百種香味的果實，綠意在小棚架上攀延成亭。

　　semen 源於拉丁文的種子，英文的 seminar 指的是學術討論會，seminarium 則引申為培養智識之場所，這單字將種子的功能，發揮聯想的淋漓盡致。

　　植物雖然可孕育上百顆成熟種子散播四方，但弱水三千只取一瓢，而僅留珍貴的千分之一來衝脫舊桎，開創新局的抱負，可是讓人嘆為觀止的花開並蒂！

　　誰生？誰將永久修眠？即使新芽全軍覆滅，仍有不死的種子保存族群於泥土。

　　這樣如同對未知生命的預言，在莎翁著名的悲劇馬克白，就有班軻向巫婆請求預卜他的將來時，對世事洞識一段：

　　『假若你能卜知將來，預測這粒種子會發芽那粒不會，那就請鐵口直斷，我是既不畏凶，也不祈吉。』

　　上萬顆種子裡，誰也無法預知它們的命運會不會走向神奇？或一輩子默默無聞。這又何嘗不是人生？

　　但不論打算永遠平寂或一發不可收拾的參天立地，都是因為種子小小的身體裡，塞滿了精巧的設計圖、遺傳訊息的密碼。為了離開親代植物，每一枚種子都有如終極版的「移動裝置」，想方設法上山下海無所不用其極的展開新的旅程、只為延續新的生命。

　　有的種子長了如螺旋槳、滑翔機、降落傘，利用風飄向遠方的飛行器；有的變身成軟木質、氣室，形成可利用水漂流航行各處的小船；有些長出果莢，成熟時如炸彈爆開，種子四射數公尺；或長得秀色可餐，引誘更多鳥兒啄食散佈種子；或火辣帶刺，倒刺黏液附著在昆蟲動物或人的身上…

生存讓它們變得千奇百怪，許多異想不到的精巧構造，也讓我們借用於科技上的發明。在讚嘆天神傑作的同時，卻是植物在時光洪流中，磨練下來對環境不肯妥協的印記與個性。

龜來的日子

文：六色羽

　　牠步伐沈穩的在木製地板上匍匐前進，深綠色的條紋摻雜著金黃色，肥肥的手腳一蹬，四肢瞬間拉拔得老長！為了自由，牠想要從關著牠的高牆攀爬出去，結果一個重心不穩，向後跌得龜仰馬翻。

　　美麗的龜紋朝天，四肢在天空努力的揮舞著想翻身。但重重的殼卻壓得牠怎麼也翻不過去，平日懶得伸出的頭也拉長搖晃，模樣像極了一個被碗壓住、正在掙扎的人。我在旁竊笑。

　　牠最後強勁的脖子一挺，身子立馬被牠四腳給頂得四平八穩鼎立，回頭瞪著我這從頭到尾都在一旁只看熱鬧不幫牠的主子，半開的鳳眼好兇狠。

　　我心裏 OS：這麼兇幹嘛？我這是在給你多點機會運動，和學習如何求生耶！

　　後來在網路上得知，原來龜紋中央有三格，代表「天地人」三才；旁邊有二十四格，代表二十四山，亦有十格代表十天干；龜殼的底部又有十二格，代表十二地支。

　　沒想到一個龜殼的布局，竟包含了這麼多宇宙玄機的密碼，難怪古代，龜被稱為「玄武」，與「青龍」、「白虎」、及「朱雀」合稱「四靈文化」。

　　但我把牠抓起來反覆的數了又數，就是對不上卜卦上說的宇宙玄妙的規則，難怪我向來不算命，因為世事從來無一定的道理可循。

這隻長尾龜其實是我養的第一隻爬蟲類，向來就怕蜥蜴、壁虎的我，第一次抓又濕又冰涼的牠時，猛起的雞皮疙瘩差點沒把牠給甩飛出去。

女兒帶回來的是成雙，結果其中一隻病得很重，在女兒上學期間，不幸夭折。在牠彌留間，居然還努力睜眼瞧了我最後一眼，我的心如被針給扎得好痛，牠就再也不動了。

我開始擔心孩子能不能接受牠『死亡』的事實？那是她們從未接觸過的課題。

兩個孩子回家後，異常冷靜的看著我埋葬小龜的花圃，小女兒又重覆的說了一句：「生病了也沒有辦法。」

那句話好像是在安慰姐姐不要傷心，也好像在向生死抗議，怎麼會那樣束手無策的無助？即使跑了好幾趟動物醫院也救不了牠？

深夜十二點，孩子房裡突然傳來嚎啕大哭，我連滾帶爬的衝進她們房間，大女兒鑽進我懷裡，傷心的喊道：「媽媽，烏龜為什麼會死掉？」

原來她們根本就沒有釋懷，下午一派輕鬆的模樣，是在刻意隱藏悲傷。

還好存活的那隻，引開了孩子們的悲傷。牠生性膽小謹慎，稍有動靜，迅速奔跑的模樣會讓我們一時忘了牠竟然是一隻烏龜。

有次牠終於成功逃出水盆，溜到車水馬龍的巷子逛起了大街。

　　我和女兒像三個瘋婆子在街頭巷尾瘋狂地找牠，連水溝下水道也不放過，女兒們怎麼都無法接受再次失去的打擊，小女兒邊找邊拭淚。

　　結果！牠背上黑得發亮的殼在熒熒陽光下，反射出一道刺目的光芒，冥冥中刺中了我的眼，我興喜若狂的越過街將牠抓回掌心中，不禁感嘆這個傢伙的生命力與毅力！

　　牠不但繞著馬路爬行走了近五公尺，還穿過車水馬龍的道路沒成車輪底下的亡魂，著實神奇！真是隻靈龜。

非臉不可

文：六色羽

六色羽

　　手一滑，無止無盡的貼文彷彿帶領著我不斷的往深處，更深處沉淪下去，雖然不斷的克制提醒自己，看完這則就好，結果讀完最後一行字，手又迫不及待的繼續向下滑動，被另一則貼文深深吸引。

　　眼角餘光看到多肉植物的社群有了新通知，想都沒想就連忙點開，五花八門的多肉琳瑯滿目，看得真叫人目不暇給，也自網友間增長了許多養植的知識。

　　再滑到作家編輯社，一頭加入後，才看到原來這世上許多愛好寫作的人，也都跟我一樣，處在魚與熊掌不可兼得的現實拉鋸戰中；更多名作家或影視編輯的社團，都不吝分享文章寫作技巧、電影的劇情剖析、暢銷書的評論，簡直是不必出門，便知天下事的受益良多。

　　偶爾還會跑到女人心事社吐苦水、聊心事，看看同為人妻、人母者的辛酸血淚。

　　FB 社團多到讓人眼花繚亂還是加個沒完。

　　一個通知特別吸引我的目光，是朋友剛 PO 和男友去住大飯店的甜蜜旅程。

　　每每看到朋友的新動態，總覺得自己是不是也來貼個什麼酷炫的新近況，才發現自己的生活無聊的如白開水、根本就沒有任何事可以說嘴。

　　沮喪感緊接而來，且沉溺其中越久越加重。

現在除了認識的好友，還有多不勝數志同道合的陌生人加朋友，他們 PO 的資訊如爆炸般的永遠也看不完，更別說其間還有追蹤的大眾傳播媒體、雜誌、網文……

通知每天就有上百通，常情不自禁的想，這些通知滑到最底部，是不是也剛好把我人生全都用完了？

連臉書的創始前總裁，都跳出來呼籲社會大眾別再用 FB，那已經成為會控制人心智、使人成癮淪陷的可怕人工智慧。只要你的眼球停留在某傾向議題的貼文超過幾秒，電腦就會開始精確的運算什麼樣的資訊是你感興趣？立馬為您搜尋推薦下一封類似課題給你，你便在毫無防備之下滑個不亦樂乎，永遠也放不下手機。

好的文章、影片或照片，就是會忍不住的分享出去給大家，若是因此得到許多正回饋的『讚』，更是一種得到認同難以抗拒的滿足感，腦內會分泌快樂的多巴胺，快感讓我們更加大量的貼文，這種情形就是真正的上癮。於是臉書的「讚」，無形間已成了另一種平行世界裡的貨幣。

但也不可否認，網路上的資訊真深比大海，只要輸入關鍵字，知識通常可即時查獲。以往總羨慕家裡有全套百科全書可炫耀的人，現在唾手可得的網路，百科全書，瞬間都成了落伍的壁貼了吧？

我們很容易就被臉書上的動態消息或朋友訊息所牽動，對網路的依賴產生愛恨交織的感覺，罪惡感也隨即而生，但這其實全是程式設計公司為了獲利的陰謀。

　若想減少它們的控制，只有多瀏覽不同方面興趣的網站，不讓人工智慧開始算計你，最重要的是取消追蹤與通知，由你來掌控自己上網的時間，而不是全天候都被它人操控與佔據，還左右了我們全部的思想。

看圖猜謎

文：六色羽

『地字在上，天字在下，一個座標指示右邊為東』，猜一個成語。

乍看很容易的一張元宵謎語圖，我卻看了半天還是想不到它的答案，下面還有密密麻麻的一百大題要猜，時間是一個小時為限，緊迫的讓人腦筋都開始打結，腎上腺素全部動員了起來。

先跳過不會的，再看下圖有個人，口裡含著肉包坐在馬桶上，光看就有些噁心，答案應該更是令人意想不到的捶胸頓足吧？

到底什麼成語和肉包與馬桶有關的啊？

這可能需要一點兒想像，想得太入戲還會聞到一點味道，很臭，答案是『含苞待放』。

第一道的謎底也突然閃現，原來是『天南地北』。

再來看一題高字上的一點變成『無』字，這題簡單，一看即是至高無上。

一雙沒有身體的蝴蝶翅膀，中間放著一顆愛心，心上寫著一個『小』。想到頭髮都要發白掉光，還是想不出來所以，然後靈光一現，宛若佛祖擊腦的終於頓悟，原來是『小心翼翼』。

燈謎源於南宋，首都臨安每逢元宵佳節時，就會舉辦春宵賞燈之會，百姓雜陳其間，詩謎寫於五光十色的彩燈上，燭火照映，排列置於通衢，大家開始猜燈謎。

那樣帝城不夜的糜華熱鬧的景象，『杜蘭朵公主徹夜未眠』渾厚悠長的詠嘆調，突然會在腦中響起。

劇中的公主也提出了三道謎語：每晚生又隔早死的是誰？什麼又紅又暖卻不是火？什麼冰冷卻又燙人？

猜錯的人，都會被無情的砍下頭，華麗的夜景裡，充滿血的色彩，和生命隨時被極權剝奪的恐懼。

王子分別答以：希望、血和杜蘭朵。

靠成千上萬的性命犧牲，換來一個殺人如麻的冷血公主領悟真愛的道理，那樣的謎底實在是叫人畏顫膽寒。

『第十四本書(book)』，這又是猜什麼成語？感覺很像來自於中古世紀的謎題，深藏著宗教神秘色彩的達文西密碼。但想太多反而永遠找不到答案，它是用同音字造的無厘頭諧音謎語，答案是『不可一世』。

前面的謎題都只是熱身的小兒科，接下來是更高難度的詩謎，沒有三兩三，豈敢上梁山？準備好了沒？

海南才子伯疇為一家酒店所題的詩：「一輪明月掛半天，淑女才子並蒂蓮；碧波池畔酉時會，細讀詩書不用言。」猜一句廣告用語。

謎底就是每句截字、斷章取義而來，整首詩，合起來就是「有好酒賣」。

再來一題猜一個字：水裡游魚山上羊，東拉西扯配成雙；一個不吃山上草，一個不會水中藏。

兩個動物加在一起，謎底是個「鮮」字。

最後這題有點難，但細細推敲推敲，仍能從詩中看出端倪：何人經商出遠門？河水奔流不見影；千柯木材火燒盡，百舸爭流舟自沉。

這是一首字謎詩，謎底是「可」喔，你猜出來了沒？

一百題圖謎有幾道還是怎麼想也猜不出個所以然？一隻狐狸在一個屋子裏，牠頭上畫著一道不太清楚是什麼的食物？你能猜出它是什麼成語嗎？

自助旅行？還是探險？

文：六色羽

「出國旅遊，就是要享受身心全面放鬆的感覺，包團讓遊覽車決定你的下一站，讓自己完全迷失方向，活在連現在是何年何月幾點幾分都不知道的糜爛裡。」

這樣失去主導權的吃喝玩樂，的確很誘人！

只是，難得千里迢迢來到一個陌生國度，兜兜轉轉的繞了一大圈別人安排好的行程，回國後，總覺得好像就是少了點什麼？

於是他堅持要來場沖繩自助旅行。

然後，這場令我忐忑不安的旅程，危機竟在起點，就開始發生！提早兩個小時到達機場的我們，卻因為他堅持要在機場附近逛逛，直到登機前 40 分鐘，在我氣得扭頭獨自走向入關處，他才終於肯跟著通關。

本以為時間應該還來得及，沒想此時，他的隨身行李竟響起可怕的警報聲！我們兩驚恐的看著道貌岸然的員警繃緊著一張臉，自他行李中抽出一把瑞士刀鑰匙圈！

我眼前瞬間一黑，一度覺得他很有可能會被抓起來質詢，這趟旅行泡湯了！

經過一翻調查後，明察秋毫的警察終於放我們通行。只是此時離登機只剩下十五分鐘，檢查護照的旅客大排長龍，連他都開始察覺事態不妙，急得如熱鍋上的螞蟻。一檢查完，當然是連逛免稅區的機會都沒有，

廣播已在呼叫我們的名字，兩人在購物中心狂奔了起來，在機門關起的最後一刻，滑壘上飛機。

有人說，當你不了解你和他的感情穩不穩定、或他究竟適不適合你時，來場旅行絕對是場大考驗，更何況是場什麼都要靠彼此搞定的自旅。

我在心裡開始對這男人發出 SOS。

但飛機降落後，迎接我們的五星級大飯店，窗台下海天連成一色的空中游泳池，讓緊繃了一整天的心情終於全面放鬆，享受了一晚星空下的羅曼蒂克後，SOS 於是變成浴缸裡的泡泡飛上了天。

第二天，危機再次爆發。

不曾右駕的他，租來的車開向匝道準備上高速公路時，左側輪胎不幸輾上人行道，一陣顛簸後車子發出巨響，沒有翻覆。

他堅持要回頭報警，我看著預訂好的行程嘆了口氣。警察來了，我用一口亂七八糟的日文加英文，跟他一陣比手劃腳，總算完成了這項任務，總算可以邁向青之洞窟浮潛。它夢幻般的湛藍，像是人魚自海裡吐出會害人迷離的幽光，再次讓我忘了今天的不愉快。

跌跌撞撞來到第三天，磨難卻依然沒打算放過我們。我們前往預訂好的民宿 check in 時，民宿竟然大門深鎖無人接應，詢問旅遊網站的客服也沒人回應，我們束手無策之際，有個日本遊客前來搭救。

　　這時 google 翻譯成了我們的救命法寶，好心的日本鄰居了解我們的處境後和業主一陣溝通，才終於有人過來開門讓我們入住。只是這麼一擔擱竟就耗了大半天，美國村沒去逛到，好可惜，卻對日本人的友善熱心有了初體驗。

　　邊走邊學習，是這次自助旅行的大豐收！我們想透過旅行去認識世界；但實際上，我們是透過經歷世界，來了解自己。

為何愛上推理？

文：六色羽

凌亂的命案現場，辦案人員如蜂擁而入的螞蟻，展開一連串的採樣、搜證、詢問目擊證人…

不論現實生活中或小說電影裡，當一樁可怕的命案發生時，最先跳出你腦海的第一個問題是什麼？

兇手是誰？

但若不先判定死者是誰？就很難推論誰是兇手？除非有現行犯。

磨擦、衝突、嫉妒、金錢、愛恨情仇…人與人之間互動產生的情感，會培育出一個健全的人格、也會養成一頭雖具有人形，但內心卻是扭曲兇殘的怪物，如連環殺人者。

大部分的連環殺手，是有組織和反社會型的人格，智商通常很高，從外表根本無法判斷他們是殺人狂，但連環殺手通常具有麥克唐納症狀：尿床、喜歡縱火和虐待動物。

他們有些殺人是因為從中能得到快感與高潮，殺人過程迅速為「著重行為型」；有些則認為除掉某一特定群體，是自己的使命，所以殺人過程很慢，屬於「著重過程型」。經由現場的抽絲剝繭對兇手側寫，沿線再往上追溯他的成長背景。

是否有嚴格的宗教信仰？

成長過程中是否曾受過凌虐、性侵或拋棄？

　　父親是否經常缺席、有個嚴格的母親並常遭到她言語暴力，這些因素常是塑造一個男孩人格產生扭曲的典範生長環境。

　　推理天后阿佳莎的東方快車就要開了，古董商雷切特身中數刀死在車廂內，偵探白羅卻在死者身上發現數種不同力道、性別、左手和右手攻擊的刀傷，案情陷入膠著。名偵探科楠說：真相只有一個。但東方快車直到最後，無人知道誰才是那個真正殺了古董商的關鍵一刀？

　　推理小說往往也呈現當時嚴重的社會問題，將市民小卒生活的困苦，赤裸裸的讓讀者彷彿身歷其境

　　提到福爾摩斯，腦子裡立刻就會跳出霧濛濛的幽暗倫敦街頭，進而聯想開膛手傑克就在對街轉角處，將妓女肢解，臉上還露出皇權對人命藐視的傲慢。

　　金田一耕助的八墓村，則是取材於日本少年屠村真實慘案，兇手如牛魔王的瘋狂裝扮，光想就令人不寒而慄。

　　阿佳莎的命案，總是發生在生活周遭的不經意間，她故事中最讓人驚嘆的是，原來很多人都死於毒殺，但都不知道自己是怎麼死的？

　　希區考克的房客，案情如一張找不到開頭的網，隨著電影都已經結束，兇手是誰依然成謎？東野圭吾的小說，充滿人性難以理解的戲虐與糾纏不清；丹布朗的格局龐大，從頭到尾有吸收不完的大驚奇！

隨著案情一層層理出來的線索，卻更加撲朔迷離反而讓案情陷入死胡同，有時竟發現找錯了方向，白忙一場！

除了邏輯推理與科學分析的趣味之外，當答案水落石出的瞬間，往往最讓人瞠目結舌、久久還無法釋懷的是『人性』。

為什麼是他？他為什麼要那麼做？

真實的歷史事件，曲折離奇的佈局劇情，再加上詭異的角色人物，讀者透過表面的現象，得在重重迷霧中分清是與非，更要分清似是而非的本質，才能解決矛盾，揪出事實的真相。

真人模特兒

文：六色羽

　　模特兒的線條在每個人的手中馳騁，但在不同人的畫筆下，卻描繪勾勒出不同的表情與肢體語言，即使他們目前畫的，都是眼前同個一絲不掛的人。

　　我忍不住的停下筆，細細觀看她身體的分分寸寸。流暢的線條，勻稱的比例，黑髮嫩膚，光澤和諧的色調，等著大家只用黑與白，將它們全都展現於畫紙上。

　　這是我第一次以真人為模特兒的初體驗，當她圍著浴巾走向平台時，我聽到心臟莫名的怦怦跳動，她大方的卸下浴巾瞬間，我竟沒有一絲羞澀，美的衝擊力讓我直愣愣盯著她目不轉睛！

　　難怪自古藝術家就喜歡借用人體來讚頌青春美麗、謳歌愛情，我突然無法將她給物化，腦中卻有各種思緒竄進竄出。

　　她直接、暴露的赤裸，並沒有為我帶進藝術實物之外的想入非非中，而是剝離肉慾、震撼於人體藝術的魅力！她只是稍稍擺弄了一個回首的動作，力量與美感，我就已深刻感受到那副身體的生機與活力。

　　蘇聯著名女雕塑穆希拉說：「一個人只有思想骯髒，才會在美好的人體中看到骯髒的東西。」

　　思想偏頗，即使穿著衣服，也遮不住一雙骯髒的眼睛。

　　人類的文化，裸與不裸，一直都不是由人們隨意決定。在男權社會裡，男性的好惡與趣，在生活中或是藝術上，往往引導著時代的審美潮流，如古希臘城邦認為人民健美的體魄，是精神力量和靈魂完美的表現。

　　所以他們的藝術家，運用寫實甚至誇張的手法，用肌肉線條的均衡律動與和諧，對人體的健美歌頌一番它的生命價值；在東方則不同，裸露卻是一種可恥的道德敗壞。

　　所以受一定的社會條件和文化規範所制約，女性的獨立人格往往被忽略，也喪失了對自己身體審美評判和藝術表現的決定權。

　　是藝術還是情色？它們的距離，僅存在於觀看者腦海裡的一念之間。

　　這想法微妙的讓我莞爾一笑。

　　老師的聲音將我拉回，他說：初學者在進行人體動態的描繪時，往往會忽略人體骨骼關節運動的關係，而直接對人物身體肌肉等細節刻畫。

　　畫人時，要如何讓自己筆下的人物展現出生命力？幫他想個故事就可以。因為是人就會有他自己的故事，用故事帶動起畫筆，由此真實感就會產生，靈魂就會在一筆一畫中勾勒出來。

　　這原理和寫作如出一轍，人物性格的設定，往往是一部戲的主要靈魂，人設崩了，一部戲就等於打從一開始就毀了，這想法一定讓急於想寫出一部曠世名著的作家一身冷汗！

好萊塢編劇大師曾說：編劇是個大師級的工作，是由簡入繁、繁中出細的組織嚴謹藝術，沒有決心下十年以上功的人，不要輕易投入。

只是不論任何藝術與創作，都如同在母體裡慢慢醞釀成長，最終孕育出的新生命一樣不容易。

露營宴饗

文：六色羽

　　每次接近露營的那一周，心情就會很愉快，因為很期待露宿廣袤的天地中，還有和朋友相聚的感覺。

　　由於這次晚餐要吃合菜，就是各家秀出兩樣拿手食物端上桌。我們家，每次都會準備烤肉，因為嚴重的強迫著自己人都到了野外，怎麼可以沒升個火烤個肉，讓濃郁的炊煙燻一下身體，幾乎成了露營不留下遺憾的某種儀式。

　　所以主菜決定來個煙燻烤雞，在雞肚塞進馬鈴薯、玉米、洋蔥和大蒜後，再將酒、黑胡椒和調味料醃製一個晚上。至於主食是包裝的日式拉麵，水開後放麵，切幾塊紅蘿蔔、白蘿蔔、香菇和高麗菜下去，輕鬆又 easy，最後炒個三色青椒牛肉絲當配菜，這就色香味俱全了。

　　出發當天的早晨，依著自擬的露營指南，陸續把所有裝備都放上車，總是忙得不可開交。心情在出發前一刻更加澎湃，但天邊的密布烏雲竟響起一道轟天雷聲！

　　歐賣尬！

　　女兒們閃著不可輕易放棄的灼灼目光望著我們。

　　是啊！豈能輕言放棄呢？這是教導她們面對人生挫折的好機會不是？

　　硬著頭皮，頂著傾盆大雨，還是往山區出發，惡劣的天氣，讓原本期待的愉快假期，變得越來越忐忑不安。

到了營地，因為大雨，朋友中只有幾個搭好了帳篷，大人們開始議論著該不該撤退？野外生存第一守則，絕對不要和大自然硬蹚硬！

討論結果是先按兵不動，畢竟大家都不想敗興而歸。索性雨在三點之後就停了下來，還露出了可愛的陽光，真是讓人驚嘆天地的喜怒無常！大家開始忙碌的搭起帳篷，鐵管的碰撞聲伴著孩子拿著魚網、挖砂用具四處亂竄的嬉鬧聲，在山巒下彼起彼落的交響著。

很快地，各種讓人垂涎三呎的飯菜香，取代了暮色靄靄的夕陽，在父母的呼喚下，孩子們依依不捨的拾著竹竿和水桶，回到各自的營地，渾身塵土泥沙，但臉上是意猶未盡的活力，炫耀著誰的冒險比較讚？

晚餐已陸續端上，成排羅列，大家都盡其所能的大顯身手。

我將剝下的柚子皮放在木炭上烘烤，那是中秋的香味，裊裊升冉到天上一輪大大的明月，它的風采怎麼都無法被滿天的星海給覆蓋。

茶餘飯飽後，大人拿出的棉花糖很快就被蘿蔔頭們一搶而空，大的小的通通窩在火爐旁，迫不及待滾動著竹籤烤著；手中的仙女棒宛如相傳的薪火，由大孩子點著後再傳給小孩子們，銀河下又多了好幾盞星星。

火光趕不散山上驟變的寒意，這群營友有一兩對是夫妻獨自前來，孩子已和朋友各自飛。原來擁擠的營帳，果然瞬間變得無由來的寬敞，笑容裡也含著淡淡的惆悵，在酒酣耳熟、人聲漸息後，夫妻倆並肩洗著餐盤的身影，顯得更清冷。

　　深夜，突然傳來一聲不小的爆破聲，大家紛紛衝出帳篷查看發生了什麼事？原來是有人最近體重過重，把充氣床都睡爆了！

　　笑聲越來越劇，隨山上變化無常的冷風，飄泊於山谷間，然後再次趨於寂靜。

大雪山的恐龍

文：六色羽

十月，天氣依然高溫將近 34 度，有人提議要到大雪山森林國家公園走走，於是乎，我們就來了！

抬頭一路向上仰望，卻不知道究竟頭要抬得多高，才能看到這棵神木的盡頭？天穹在它頂端發出刺目的陽光，當我觸及脈絡間灑下的鋒芒時，眼睛情不自禁的閉上，彷彿在向這莊嚴巍峨的大自然，致上最崇高的敬意！

這棵「雪山神木」位於大雪山的山谷中，樹高 46 公尺、胸圍 13 公尺，高聳入天、蓊鬱而雄偉的紅檜，樹齡約 1400 年，在台灣神木中排名第 11 名。

1945 年二次大戰結束至今 2020 年，我們過了 75 年相安無事的太平生活，這在人類歷史中是多麼難能可貴的奇蹟，而這棵樹已毅力不搖的見證了千年的戰爭與和平。

車子一路往山上爬，隨著海拔不斷在眼前拔尖的升高，氣溫也在極速的驟降，我的不安和耳膜，都在蠢蠢躁動，這樣莽莽撞撞直趨深山，有一點自找死路的感覺。

曾經在環島時，從北橫往花蓮切入中橫到合歡山。

在山下吃午餐時穿的是短袖 T 恤吹冷氣，往花蓮走後微涼，套上薄外套，車子開始往山路爬，發現外面竟已下著細雨。薄外套擋不住雨絲和日暮沉沉後帶來的冷意，於是起身找起長袖上衣套上。

越往上爬，雲霧越厚重，雨勢也漸漸大得令人有些擔心。陽光在層層密蔭中一點一滴的消失，昏暗的紫雲間，我發現樹上開滿了晶瑩剔透的白花，乍看之下，好像在樹梢炸開的銀色煙火。

「那是霜，不是花！」為了看得更清楚，我拉下窗，徹骨的寒意迎面侵入，口耳鼻全是結凍的濕氣，好像快結冰了！

「山上一定在下雪了！」難得看到下雪，大家顯得異常的興奮，但緊接而來的大自然考驗，讓毫無準備的我們吃盡了苦頭。

雨驟變成大雪，我們聽到車子在結霜的道路上咆哮，然後一道道的白煙自後車冒出，驚覺不妙時，車子已向懸崖邊打滑，幸好方向盤被及時穩住，逃過一劫！天色變黑，本想去加裝鐵鍊再繼續攻頂，但店家已大門深鎖，這時，回頭絕對是岸。

一天之內，就嘗盡了春夏秋冬的神奇經歷，也算一種難能可貴的冒險體驗。

今天又貿然衝動做了同樣藐視大自然的事，還好氣溫和山下只差15度。

我們走在原始的扁柏巨木、二葉松和華山松等組成的針闊葉混合林中，筆直而灰白的冷杉，昂然佇立在山麓的高位上，間雜搭配著墨綠蒼勁的鐵杉，一道如寶石閃爍耀眼的湛藍已毅然呈現於我眼前！

　　藍寶石是小雪山天池，這座小型的高山湖泊，彷彿山神的藍眼睛，靜靜的平躺在那，終年都睜著眼守護山林。

　　天池的美不足為奇，我們在神木下還看到一隻行動迅速的迅猛龍，牠無畏懼的在巨樹下追著遊客跑，只是沒有人被牠嚇跑，還拿著手機猛拍牠，直到最後牠脫了皮，大家才看清牠的真面目！一個變色龍在搞怪！

　　回程，叢林間隱約看到一個肥肥的屁股在移動吸引了我們的注意，原來是兩旁小道排泄物的主人，山羌！牠悠遊的朝我們看了一眼後，慢條斯理的向更深的山林躍入不見了蹤影。

　　這次來很可惜都沒有遇到帝雉，下次再來探訪吧。

從微表情測謊

文：六色羽

可否想像過自己有天，被迫戴上測謊器測試有沒有說謊的情況？

腦子開始一陣胡思亂想與空白，若是沒有通過機器會怎樣？

腎上腺素於是加快了心跳的速度、盜汗，機器竟然開始對你大叫：你說謊！

所以那台測謊器到底是在測人有沒有說謊？還是在測人是不是容易緊張、害怕或神經兮兮？它的準確度真的可信嗎？

根據研究統計，人通常在十分鐘內，至少會說三次謊，而人臉上的 43 塊肌肉能組合出一萬個表情，特定情緒會觸發難以控制的非自願微表情。微表情在臉上維持不到五分之一秒，稍縱即逝，除非高速攝像機，不然一般人是很難捕捉那細膩的表情，再融入 AI 加速判讀微表情和肢體語言的數據，測謊方法變得多樣化。

(一)當你問你老公昨晚去哪裡了？

A 老公直視不畏對妳說：「我在公司加班…」然後不自主的眨動眼睛。

B 老公眼睛向下移動避開妳的目光，然後才說：「我在公司加班…」

A 和 B 誰在說謊？

　　小時候有沒有常被怒氣沖天的媽媽質問：「你又在說謊了對吧？因為你不敢看我的眼睛。」這是不是自小就教會我們，要說謊就要反其道而行直視他人眼睛才不會被揭穿。

　　(二)C 女說自己被強姦時，額頭和眼尾都無明顯的波瀾變化，是她嚇壞了嗎？

　　四十五歲的 D 女訴說自己女兒遇害經過時，臉上冷若冰霜彷若無事，但卻淚如雨下。

　　C 和 D 誰在說謊？

　　直視的 A 老公在說謊，當他盯著你的時候大腦正在建構謊言，因為注意力太集中，他們的眼球開始乾燥，這讓他們更頻繁地眨動眼睛，卻是洩露這人在說謊的致命訊息。

　　B 老公眼睛向下飄動，是因為他在搜尋昨晚的記憶。

　　C 也說謊，她說出來的話和表情、動作、體態不一致。女性在描述自己遭人強姦時，難堪、害怕…等情緒會在額頭和眼尾四處浮現出表情；D 止不住的淚顯示她對女兒的死心如刀割，但臉上卻沒有太多的表情，原因是她打了肉毒桿菌而干擾了測謊的判斷。

　　認知心理學發展的觀點指出：其實自我們 3～4 歲時就會無意識、不自覺地說謊，但經由學習，這類說謊現象會漸漸消失。可是你一定不

相信，我們的父母、老師……等，為了社會的和諧，基本上都會要求我們用臉隱藏情緒、欺騙、還有說謊。

「即使你不喜歡那個鄰居、親戚、朋友…但見到面時，就假裝喜歡，禮貌的寒暄幾句打招呼，不要老是把厭惡表現在臉上。」

所以我們自小就開始擅長隱藏情緒，戴著面具出門也不是偶然。

除了微表情和測謊器，還有另一個由德斯蒙德‧莫利斯提出的「下肢訊號」，雙腳站立的方向，是可信度第二高的人類動作。

檢方在刑案現場會特別注意嫌疑犯腳尖的方向，因為下半身離腦袋較遠，當嫌犯在預謀該如何脫罪扯謊時，腳一不注意就會洩露內心真正的想法。因此，做了虧心事「急著離開現場」的人腳尖會朝外；做壞事的人則不會好好面對警察站立。

國王遊戲

文：雪倫湖

雪倫湖

記得剛到外國時，大家對於新來的同學，友善熱情，樂意提供協助，因此當時感到溫馨，並不覺得孤獨或無助。上學幾個月後，認識不少志同道合的朋友。有個活潑的朋友大衛生日時，因為他喜歡小酌兩杯，因此約大家在一間大型酒吧，一起慶祝生日。當天，大家約法三章，除了壽星，其他人只能點一杯酒，保持清醒。而負責開車的兩個朋友，為了安全，並沒有喝酒，只點了飲料。這間酒吧氣氛很好，燈光不昏暗，還有人在台上演唱，非常熱鬧。

為了讓氣氛熱絡，和增加互動，此時，大衛提議玩『國王遊戲』，他認為這種遊戲適合多人聚會時玩，而且不容易覺得乏味。

大衛說道：「各位，我現在先簡單說明遊戲規則。我們現在有八人，我會從撲克牌中拿出數字 1 到 7 的撲克牌，然後加入一張牌：老 K 國王。然後開始洗牌，每個人抽一張牌，拿到老 K 的人，可以命令其中兩個號碼牌的人執行他所要求之事。不過，我有個要求，注意下命令時不可以太過火，請大家遵守。」

「太過火的定義可以清楚闡明嗎？」嚴謹的珍妮佛提出問題。

「舉凡違反善良風俗，挑釁或騷擾其他桌客人的要求，都不能提出。例如，跟鄰桌客人擁抱或是痛扁陌生人，這就太過分了。」

大家點頭表示同意。

喬瑟夫問道：「玩過『國王遊戲』的人請舉手？」

結果只有三人舉手，因此喬瑟夫再次強調下達命令時點到為止，不要太強人所難，別因為一時的胡鬧，造成朋友間的嫌隙。

第一次抽到老 K 的是安妮，她要求抽到數字三的人，對她說句情話。

這個要求很簡單，卻產生了化學效應。緣分有時候真是妙不可言，因為抽到的三的是史丹利，對安妮有好感，因此說了幾句誠意十足的話。

安妮一邊臉紅，但也沒阻止。

珍妮佛一臉正氣說道：「夠了夠了，只是講一句，你講了好幾句耶？」

安妮和史丹利有默契地看了對方一眼，然後笑開了。

隨著大家愈來愈熟悉，下達的命令也憑添許多趣味。

例如，印象中有個人下達命令，請抽到數字二和三的人，去請樂團的主唱喝杯雞尾酒，然後站在前面，深情地看著他表演，熱切又誇張地鼓掌。主唱很高興，唱得更加賣力。

這是我第一次玩，或許是新手運，我抽到好幾次國王，才發現下命令也不是簡單的事情。

我記得第一次下的命令，是請抽到五的人，講出自己最難忘的經歷，或是接受處罰。

抽到五的是喬瑟夫，他思考了幾秒，說出自己的初戀。

沒想到，每天抱著吉他，瀟灑不羈唱歌的喬瑟夫，竟是如此深情之人。他的初戀隨著出國半年後告終，但他還尚未走出來。

「喬瑟夫，你會找到更適合你的人。」

大家有默契的舉杯。

玩『國王遊戲』時，下達命令這一環很重要，不懷好意的，或是帶有報復的命令，除了會破壞整個遊戲之外，還有可能造成友誼不再。如果只是為了炒熱氣氛，而故意下達一些過分又難達成的命令，不但會造成彼此的不快，遊戲也會難以進行。

我們很了解彼此的個性，所以『國王遊戲』可以玩得很有分寸，既有樂趣又能開心。想讓『國王遊戲』得到小趣味，就要記住一個秘訣：己所不欲，勿施於人。

玩遊戲能得到快樂，又不會讓人莫名難堪。

何樂而不為呢？

文字競賽

文：雪倫湖

雪倫湖

文字遊戲，是種能動腦又有趣味的遊戲。

這是我家人和朋友最常玩的遊戲之一。

從小到大，旅行或聚會時，一有空檔，大家就會玩起遊戲。尤其駕車旅行時，大家在車上時間很多，玩文字遊戲不但可以消磨時間，而且還會帶了很多歡聲笑語。

我們常玩的遊戲有很多種，舉出一些簡單又有趣的。

第一種：成語接龍。

例如：第一個出題者，所出的題目為『班門弄虎』，第二個接的人，可以接『虎頭蛇尾』或是『狐假虎威』，虎並不限制只放在第一個字或是第幾個字，這樣難度太高。剛開始我們限制只能接第一個字，但發現遊戲很容易結束，因此範圍就變寬。

第二種：物品接龍。

例如：請說出水果名稱。這種很好玩，也可以玩很久，非常有趣。記得有次題目是：滷味食物。剛開始大家摩拳擦掌，躍躍欲試，都努力地喚起曾經點過滷味。例如：甜不辣、豬血糕、貢丸、水晶餃、豆干等等。但隨著食物越來越少，最後變成：滷豆腐、滷魚豆腐、滷百頁豆腐、滷白豆腐等等，變成有種賴皮，又似乎沒有錯誤，卻異常好笑的結果。

第三種：部首遊戲。

　　例如：說出有『口』部的國字。答案很多：叱、吒、告、嘮、叨、唱等等。大家很努力找出學過的中文字，此類遊戲題目有個技巧，就是部首不能太冷門，答案太少顯得很無趣。這種遊戲比較燒腦，而且容易引起眾人的勝負欲。

　　第四種：特色接龍。

　　例如：說出包含數字、有顏色的成語。

　　這種遊戲答案更多元化了，必須要多想出幾種答案，如果只想一個答案，很可能和前一個人的答案一樣，輪到你時，一時之間也想不出來成語，然後就意外出局了。人生如同玩遊戲一樣，工作亦是如此，多做準備，以備不時之需。

　　這些我從小到大玩的遊戲，沒想到讓我在職場中，成功讓主管記住我。

　　記得初入職場時，當時新進人員有幾個，上班第一個月，公司請外來講師來上幾堂訓練腦力和開發潛能的課程，主管在一旁協助和評估。

　　第一堂課，大家先分成四人一組。

　　由於同事和我不熟，不知道我玩遊戲的『實力』，所以不敢派我上場。我心中不免唷嘆，覺得英雄無用武之地。直到第二堂課，我才開始發揮實力。

　　當我看到『部首遊戲』時，我想該是我揚眉吐氣的時候了。

講師賣力地說道：「每組派一個人參加，請快點上台。」 當大家都還在猶豫要派誰出戰時，我率先舉手。另外三個同事雖然和我不熟，但看我不知哪來的自信，一臉滿滿勝利感，所以只好點頭同意。

結果，三分鐘內，我寫下最多的答案。講師不可置信地說道：「這是我上課以來，寫下最多答案的人。難道，妳上過我的課？」

我微笑搖頭說道：「其實，因為這是我家最愛玩的遊戲之一，耳濡目染下，答案自然就多了。」

一星期後，課程結束了，主管過來說道：「妳中文不錯，英文好，反應很快，思慮也很周詳，我相信妳可以勝任妳的工作，期待妳的表現。」

受到主管的誇獎，讓我更加更有信心，因此工作順心又愉快。

小遊戲，小趣味，不但能動腦，說不定還對工作有所助益呢。

所言甚是，所言甚是。

故事接龍

文：雪倫湖

上學時，同學最愛玩的遊戲之一是：故事接龍。

故事接龍的遊戲之所以好玩有趣，就是因為參與者每個人想法不同，有的天馬行空、有的平淡無奇、有的搞笑幽默、有的嚴謹專業。大家聚集在一起，說出自己的想法，讓故事變得豐富多變，結局意想不到。

當學生時，老師有時候會讓大家動動頭腦，讓同學會一起故事接龍。

成為上班族後，同事有時聚會時，會玩起故事接龍，讓氣氛變得更熱絡。

玩故事接龍時，有幾種人格特質，讓故事變得更加多元和更多可能。

第一種：一言以蔽之型。

不管前面的人故事說道哪裡，說得如何風雲變色，如何如夢似幻，這類型的人常常會用一句話，讓故事出現結局。

請見下面接龍的例子：

約翰王子正準備前往森林尋找公主，此時，天色突然變暗……

當「一言以蔽之型」的人接龍時，他們可能會說：「然後他覺得前方危險重重，於是決定先回城堡，準備好再來。」顯而易見，下面一個人很難繼續接故事，只好再自己另外開闢新的故事點。

第二種：簡單無聊型。

此類型的接龍者，比較沒有想像力，故事接龍對他們而言，難度頗高。所以，他們會以幾個無趣句子結束，這幾個句子對故事進展較無推動作用。

請見下面接龍的例子：

約翰王子正準備前往森林尋找公主，此時，天色突然變暗……

這類型的人，可能會說道：「於是王子想了又想，走了又走，看了又看，還是在森林前面。」對於故事並沒有增加可聽性，但是卻又找不出真正問題，所以，還是可以通過。如果一群人都是這類型，故事將會一成不變，不斷的走來走去，走了一天，可能還未走到重點啊。

第三種：想像力豐富型。

這類型的接龍者，是故事接龍的好手。想法千奇百怪，腦筋動得很快，讓故事變得更引人入勝。如果同儕中，有幾個這類型人物，故事接龍趣味性將會變高，故事的複雜度和劇情會更深入，讓人玩得不亦樂乎。

請見下面接龍的例子：

約翰王子正準備前往森林尋找公主，此時，天色突然變暗……

想像力豐富型的人，可能會說道：「此時，一位強壯的武士出現，阻止約翰前進，並告訴他一個天大的秘密。」

短短幾句話，多了一個人物和一個秘密。光是人物和秘密，又可以增加另外的情節，並加強故事娛樂性。

第四種：腦筋空白型。

腦筋空白型的人，思考比較久，接龍往往會用贅詞來帶過。而這類型的人，還不喜歡別人催他，也不願意跳過。所以，會多一點時間來接龍。

第五種：一發不可收拾型。

這類型的人想法非常多變，會絞盡腦汁增加故事的厚度和可聽性，所以往往接故事時，容易超過接龍句子，一發不可收拾。不過，增加互動和腦力激盪，很適合玩故事接龍。

玩故事接龍重點，並不全然在於故事之有趣或是劇情吸引人，而是在於眾人互動時，大家分享彼此想法的時光。透過互動，透過討論，讓大家情感更緊密，氣氛更活躍。這樣才是故事接龍這個小遊戲，真正的意義。

請問，玩故事接龍時，你是哪一種類型的玩家呢？

撲克牌大戰

文：雪倫湖

撲克牌是有趣又好玩的遊戲。

一副撲克牌不占空間，重量輕方便攜帶，是旅行、外出、野餐時的好幫手，除了可以帶動氣氛，消磨時間，還能促進感情。

尤其當年《賭神》和《賭神2》風靡全台，玩撲克牌甚至蔚為風潮。電影中賭神出神入化的牌技，再加上引人入勝的劇情，讓這部電影成為很多人的青春之一。尤其劇中的幾句台詞：年輕人終究是年輕人、小心駛得萬年船、Show hand!，迄今讓人記憶猶新。

撲克牌遊戲，本人非常得心應手，最感興趣和擅長的是「大老二」和「德州撲克」。記得有一次在朋友生日派對上，在場十幾個人，因此有人提議玩大老二，四個人一組，贏家再捉對廝殺。最後，我是最大贏家，獎品是：一塊蛋糕。雖然獎品很普通，但結局讓人驚喜。大家非常訝異，因為我平常喜歡看《飄》（英語：Gone with the Wind）、《傲慢與偏見》（Pride and Prejudice）這類古典書籍，朋友以為我對撲克牌不感興趣，或是只是初學者，沒想到我竟然力戰群雄和群雌，贏得勝利。

從此，玩撲克牌時，大家都把我當成是可敬的對手。

有一次，朋友提議這次不要玩大老二，而是玩水果盤。

簡略地介紹水果盤的玩法：每位玩家自取一個水果名，每個人水果字數要一樣。例如：蘋果、荔枝、柿子、葡萄、柳丁等等，牢記其他人

的名字。喊一二三後，所有人同時翻牌（或是輪流翻牌），如果有人和自己撲克牌的數字相同，則馬上說出對方的水果名稱，先喊者是贏家，比較晚喊的人要收回桌面上的牌，最後得到最多撲克牌的人，便是輸家。

玩了幾場後，我都是贏家，沒拿過任何一張牌，而且每次都能馬上喊出對方的水果名。

珊妮問我：「妳是記憶力太好嗎？還是有什麼秘訣？」

當然是有秘訣的，我笑著說道：「每次翻完牌後，會有短暫的空檔，我就開始依序在心中叫出所有人的水果名，所以能輕易地將水果和人連結在一起。」

珊妮點點頭：「妳看起來很文青，沒想到竟然是高手，失敬失敬。」

「好說好說。」玩遊戲除了運氣，技巧也是不可缺也。

另外，玩牌的人很重要。如果遇到輸不起或是牌品差的人，玩牌會變成一種折磨，讓人只想結束。某次，在一個聚會上，遇過一個非常「好勝」的人，不肯認輸，一直要求再玩一局。然而，不知道是他手氣太差，還是技術太糟，還是兩者皆是，他頻頻輸牌。最後，大家受不了他的堅持，即使手中有牌可出，也假裝 pass，讓他獲得最終的勝利，他才滿意收手。

不管玩何種遊戲，時間和牌品都很重要，不能因為沉迷而玩物喪志，也不能因為輸不起而大發雷霆。恰到好處的時間，大家得到樂趣又能互

小趣味

動聊天，是玩遊戲最好的方式。關於牌品，會成為別人是否願意和你玩牌的關鍵。玩牌時，念念有詞；輸牌時，憤憤不平。 這樣的人，會成為別人眼中的奧咖，避而遠之。所以，讓玩牌成為有趣的遊戲，要注意這些小細節喔。

切記！切記！

Lottery

文：雪倫湖

　　大家玩過樂透彩嗎？中過獎嗎？還是悻悻然而歸呢？

　　報紙或新聞經常見到「樂透累積多期沒中，獎金上看十幾億，再創高峰，樂透商店出現排隊人潮……」等等報導，此時，不論是樂透愛好者，偶而買樂透者，或是不曾買過樂透的族群，都會躍躍欲試，想要購買，試試運氣。漸漸的，玩樂透似乎變成一種全民趣味。

　　樂透有幾種玩法：威力彩、大樂透、今彩539、雙贏彩、BINGO BINGO 賓果賓果等等。彩券價格最從 25 元到 100 元不等。因為價格不高，所以即使沒玩過的人，當看到新聞鋪天蓋地的報導，也會想試試手氣。

　　記得有一次，有位同事看到新聞報導，不曾買過大樂透的他，發起合資購買。一張樂透只要五十元，並不昂貴，但奇怪的是，除了我有意願之外，大家興趣缺缺。我私下問了其中一位同事，他淡淡說道：「如果中了，他會告訴我嗎？而且，我們又不知道他買的號碼，就算中了，大家也不知道啊。」

　　聽來殘酷但也有道理。後來，這位同事把買好的號碼給大家看，大家才願意合資。雖然開獎後，全數做公益，大家只失望了幾秒，就轉念成正面想法：做公益人人有責。

　　幸運這種事情，真的很妙。

有個朋友朵莉從沒買過樂透，某天中午她買午餐時，剛好看到餐廳旁邊有間樂透商店，於是順手買了一百元，結果中了一萬多。所以，朵莉興奮地請我們吃飯，分享她的好運。

外國的樂透，非常多元，也行之有年。

曾經看過報導，是關於外國樂透得獎者，領取獎金後人生的改變。內容包括他們得獎後的生活，心態和對金錢觀。印象深刻的是一個職業婦女，得獎後只告訴先生，決定希望隱瞞其家人。每天依然上班，並未辭掉工作。她原以為這樣平淡的生活，不會讓其他人起疑。然而，她卻忽略了，當身邊多了鉅款，消費習慣會不知不覺改變。

她的名牌包和名牌鞋突然變多，家人開始懷疑金錢來源，最後她選擇坦白。有些人無法理解，其中一個和她家關係很緊密的親人，不再和她聯繫。

另外一個得獎者，選擇和家人分享喜悅。他撥出一部分獎金，幫妹妹開了一家速食店。因為妹妹對經營餐廳很感興趣，所以他願意投資她。影片中看得出兩人感情很好，妹妹對哥哥的感激，溢於言表。妹妹還開玩笑說：「哥哥來買漢堡，還是要付錢喔。」語畢，兩人開心得笑了。

每個人選擇不同，但是最重要的是開心和自在。

買樂透是種趣味，千萬不要讓它變成是種負擔。有三點很重要：在能力範圍內、切忌沉迷、以及得失心不要過重。花個五十元或一百元購買，如果中了獎，是種小確幸。如果花上萬元，無法回本，反而是種憂

小趣味

愁。所以，如果想要在生活中獲得一些期望和幸運感，或許可以買個一兩張彩券。因為——

「有夢最美，希望無限」啊！

100

抽抽樂，抽一當吧

文：雪倫湖

　　雜貨店，販賣飲料、餅乾、糖果、零嘴、冰棒、玩具，還販賣讓人記憶難忘的抽抽樂和人情味。國小時常常三五同學，在雜貨店玩抽抽樂。一元、五元或十元一抽，抽著幸運、抽著夢想、抽著希望，抽著彼此的快樂。

　　抽抽樂的款式眾多，以供選擇。有 80 當、120 當、160 當、240 當等等。如果聚會人不多，可以考慮 100 當以內。內容物五花八門，讓人不覺得單調和乏味。除了可以抽食物，還有各式玩具，花少少的錢，卻擁有大大的樂味。

　　讀國小二年級時，學校附近有一間雜貨店，是一個老人家開的。雜貨店內販賣的零食和玩具並不多，桌上擺了幾盒的抽抽樂。下課時，和同學步行回家時，會經過這間雜貨店，兩三同學和我都會很有默契地進去光顧。記憶中有個女同學對抽抽樂並不熱衷，因為每次抽到好獎，她的反應都很平靜，有時甚至沒拿獎品。

　　直到有天吃飯時，和她聊到這間雜貨店，才知道箇中原因。

　　我問道：「妳喜歡玩抽抽樂嗎？？」

　　她說：「嗯，還好耶，但是覺得老闆年紀大，生意並不好，所以每天都和你們一起去玩。」

　　當時，我其實很感動。當時年紀小，卻是善良和有同理心。這段往事，難以忘懷。抽抽樂，除了趣味，還帶有溫馨的回憶。

　　抽抽樂之所以風行多年，因為一盒價格便宜，但獲得的共鳴和歡樂，卻難以數計。過年時，親戚一起圍爐，我常常會買幾盒抽抽樂，邀請大家共玩。志在開心，不在回本。所以小朋友可以免費抽，而大人隨心所欲，他們可能花十元，但是只是抽一當，重在參與，不是獎品。經過幾年下來的觀察和數據，會發現有某幾人，真的很幸運，大獎往往都是這兩三人抽到。運氣這件事，似乎沒有道理可循，一樣玩抽抽樂，他們就是能輕而易舉抽到大獎號碼。例如：有一次表妹抽了兩排，結果都是小獎。然而表弟只抽了兩當，就獲得一獎。

　　有趣的是，當大人抽到大獎時，小朋友會發出「讚嘆聲」和「大叫聲」。對大人而言，這個獎項或許吸引力不大，不過對小朋友卻是如獲至寶。這種氣氛，充滿歡笑又熱鬧，憑添許多過年的樂趣。

　　隨著時間推移，漸漸長大後，雜貨店也漸漸變少，慶幸地是，抽抽樂卻仍然歷久不衰。有些商店，專門販售抽抽樂，讓大家一次選到滿。看著琳琅滿目的商品，總會有股暖流和莫名的欣喜在心中流竄。大賣場過年時，會出現很多抽抽樂的商品，花小錢買一兩盒，讓大家在新年時，能夠闔家共樂。

　　抽抽樂，用一元銅板，換得無價的小趣味。

小趣味

一起去旅行

文：雪倫湖

雪倫湖

　　假日時，三五好友，計畫幾天的旅行，不但可以促進感情、增廣見聞，還會因為旅行中發生的小趣味，成為大家茶餘飯後，津津樂道的話題。

　　喜歡旅行，所以常常旅行。如果是和熟稔的朋友去旅行，回憶多屬歡樂。如果剛好有不熟又自我的人加入，往往是紛爭的插曲。

　　有次旅行時，幾個朋友計畫兩天一夜之旅行，結果朋友茱蒂的主管，表示想加入這趟旅程，雖然不悅，但為了不讓茱蒂為難，只好勉強答應。

　　沒想到這位主管小姐，習慣白天沐浴，但又不早起。結果早餐時間已經開始，她還悠哉的泡澡，直到我們輪番敲門，隨著敲門聲越來越憤怒，她才若無其事地開門。後來行程，主管小姐提出「多元意見」，因此產生分歧。這次小旅行，因為主管的過度有主見，雖然還是有歡樂，但多了惡趣味。後來，茱蒂在公司，絕口不提旅行或是聚會之事，免得「隔牆有耳」。

　　和朋友旅行，趣味的小事更是層出不窮。

　　有次和幾個朋友到外國旅行，在飯店泳池旁，突然出現一翩翩美男子，又高又帥。朋友艾瑪個性活潑，看到他後，小鹿亂撞，跟我們表示她要過去搭訕。只見她不斷在男子身邊游泳，想引起注意。游了幾圈後，男子似乎發現艾瑪的意圖，突然離開泳池，和一女子舉動親密的離開。留下氣喘吁吁又難堪失望的愛瑪，以及一種「相見恨晚」惆悵感。這段插曲，成為我們和艾瑪共同的「酸趣味」回憶。有時候，吃飯時，提到

這個金髮帥哥，艾瑪還會故意露出心碎的神情，頻頻說道：「多做幾次白工，愛情總會來敲門。」即使出糗過幾次，愛瑪對追愛依舊勇往直前，希望能找到真愛。

還有類似豔遇的小樂趣。某次一日遊時，我們在咖啡廳準備用餐，一個約知天命之年的男性，一直盯著茱蒂看，愛瑪笑道：「他該不會對妳一見鍾情，忘年之交喔。」

茱蒂不忘開玩笑：「哈，我不用游泳就有人欣賞。」

艾瑪笑著回應道：「先學會游泳再說吧！」

後來，男子真的走向茱蒂，並說道：「小姐，原諒我的唐突。我剛觀察了妳一段時間，妳爽朗愛笑，個性開朗。不知道妳有男友了嗎？」

茱蒂一臉疑惑，不知道如何回答。

男子繼續說：「不要誤會。我是要幫我兒子找女友啦，他身高一百八，外表俊朗，為人善良和氣，但個性內向害羞，所以迄今找不到女友。」

茱蒂吶吶的說道：「不好意思，我有男友了。祝你兒子早日找到心儀的對象。」

男子點點頭，有點失望地離開。

旅遊時，常常會出現意想不到的小趣味，值得珍藏，值得回味。

有空時，一起去旅行吧！

小趣味

幸運手環

文：雪倫湖

幸運手環是很多人的青春記憶。

手環不僅是裝飾品，由於親手自己編織，款式獨特，也是意義非凡的許願手環。幸運手環之所以能夠引起這麼多人共鳴，帶動風潮，除了希望能招來幸運，更重要的是，配戴幸運手環，對生活產生的希冀，讓人充滿希望。

學生族利用下課幾分鐘，分秒必爭編織手環。中午休息時，還會討論款式和技巧，凝聚和同學之間的感覺。上班族回到家，邊看電視，邊編幸運手環，除了紓壓，心中還會有淡淡的幸福。顏色任選，款式多變，製作出各種顏色的漂亮手環。有人會編幸運幾條手環，送給幾個好朋友。有人會編出兩條一樣的幸運手環，一條送給曖昧或喜歡的人。據說，如果手上配戴幸運手環，自然掉下來的話（不是自己拆掉），夢想就回實現。這種浪漫又有趣的說法，讓幸運手環炙手可熱。

讀大學時，同學珍妮佛暗戀隔壁班的男同學葛雷。有天，珍妮佛突然開始編織幸運手環，並對我說：「我下定決心了，從今天開始，我要動手編織出兩條一樣的幸運手環。」

我覺得詫異，因為珍妮佛雖然對於幸運手環感興趣，但因為缺乏耐心，因此從未真正完成過一條。我問道：「兩條一樣的，一條妳要送給誰啊？」

通常會編出兩條款式相同手環，其中一條應該是要送給心儀對象或好友。珍妮佛隨興的個性，意志會突然如此堅定，答案應該就是前者了。

「葛雷啊，之前就很欣賞他。最近在生日派對上遇到他，兩人互動變多，覺得他幽默又貼心，對他好感又加深了。葛雷生日快到了，我想要送他一條手環。」

「你們互動應該很棒，他對妳感覺如何呢？」先知道對方的反應，才能做好心理準備。

「應該也有好感吧，所以我希望幸運手環帶給我好運。」珍妮佛充滿信心地點頭。

珍妮佛真的開始編織幸運手環，果然，愛情力量真偉大，這次，她並沒有半途而廢，讓我覺得很感動。終於，在葛雷生日前一天完成了幸運手環，並送給對方。

之後，珍妮佛如願和葛雷開始交往。

關於幸運手環的情感故事很多，因為它帶給人正能量和自信心。編織幸運手環，不只是一件成品，而是一個願望。在編織幸運手環的過程，內心歡欣的心理活動，都是難忘的一段歷程。

幸運手環是種期待的小趣味，讓人喜愛。幸運手環，讓你感覺幸運，讓你環抱幸福喔。

小趣味

套圈套到心坎裡

文：雪倫湖

雪倫湖

　　你曾經在夜市，或是在觀光勝地看過套圈遊戲的攤販嗎？一次五十元或一百元，你有十次或二十次的機會，可以圈中前面琳瑯滿目的獎品。你曾經中過最好的獎品是什麼呢？你最難忘的回憶又是什麼呢？

　　這是我兒時最愛的遊戲之一，直到今日依舊覺得樂趣橫生。

　　每次看到套圈的攤販，總會忍不住駐足，玩上一兩百元。隨著時光流轉，套圈遊戲的獎品也愈來愈多元。我會如此鍾情於這項遊戲是因為源自小時候美好的回憶。當時，和一群朋友玩套圈遊戲時，我意外地套中了五個獎品，從此威名遠播，迄今仍感到驕傲和難忘。不過，當時我只拿走三樣獎品，畢竟不能讓老闆損失太多。

　　老闆對我表示謝意時，晶亮的眼神，勝過獎品。

　　印象最深刻的一次是去旅行。

　　套圈圈的攤販可能是新手，獎品過度靠近玩家站立的位置，因此當前面一個遊客玩時，竟然套中了好幾樣獎品，而我們也套中不少。我第一次玩套圈圈，玩到心虛又沒挑戰性，只想趕快玩完，因為覺得勝之不武。看到攤販欲哭無淚的表情，遊客說道：「老闆，你獎品位置太前面了，我建議你重新擺放，獎品我拿走一樣就好了。」

　　當下，我感受到人的美好品質善良。

　　我也把套中的獎品，還給老闆，只留下一樣。

於是，老闆聽從建議，將獎品位置往後移，才不會造成損失慘重的局面。

長大後，套圈遊戲依然十分吸引人。獎品變豐富，趣味更加倍。

之前外國朋友來找我時，我第一個想法就是帶他們去夜市，感受熱鬧、美食 、和套圈圈的趣味。

「這怎麼玩？」朋友好奇問道。

「把手中的圈圈丟出去，套中的獎品就是你的。」我答道。

「好，看我的厲害。」朋友把手中的環一次全丟了出去，我們來不及阻止，看她笑得開懷，我們也感受她的快樂。奇妙的是，竟然還圈中了一個娃娃，只能說「新手運」的確不同凡響。

愛上套圈遊戲的友人，在回國前，仍然心心念念想再玩一次。

離別的感傷，在圈圈飛出去的一剎那，擊中彼此的心，讓人隱隱作痛。

獎品已經不重要，重要的是得到的喜悅和歡樂。

套圈遊戲讓你花少少的錢，得到大大的樂趣。因為它沒有電子遊戲的機率問題，而是靠技巧和運氣，就能獲得收穫。最重要的是，在玩的過程中，那種期待和興奮，非筆墨所能形容。

小趣味

下次，當你看到套圈遊戲的攤位時，可以停下腳步，花一點錢，試試看你的「能耐」，以及它的好玩之處。

套圈套到心坎裡，在套圈的世界裡，能得到片刻的舒壓和放鬆。

露營記趣

文：雪倫湖

雪倫湖

你喜愛露營嗎？你有露營過嗎？

現今，露營儼然成為一種非常受歡迎又時尚的休閒娛樂。

週末或假日時，很多人喜歡前往營地露營，接近大自然，呼吸新鮮空氣還能遠離塵囂，減少生活中的壓力。

台灣可以露營地點並不少見，可以前往農場、牧場，還有專業營地等等，建議先行查閱。選擇合法的露營地區，才能安心自在的露營。

露營的方式很多元。有人喜歡搭帳篷，有人選擇小木屋，還有人開露營車，到處走走停停，讓身心靈獲得寧靜和喜悅。

學生時代第一次露營，大家期待又興奮。

只不過小小的插曲，讓這次露營留下一絲的負面回憶。

記得當時氣氛很好，大家提議別做飯了，浪費太多時間，吃泡麵何嘗不也是一種享受。全部的人都點頭同意，只有一個同學，平常在學校就以好辯和執拗著稱。她的固執和自我，要求大家聽從她的意見一起煮飯和炒菜。於是，她一個人和全組的同學進行激烈的辯論，最後，大家不想將寶貴的時光浪費在爭執中，於是放棄和她溝通，自顧自地拿起泡麵。而她，在無人關注後，竟悄悄地妥協了，但是臉上不滿的神情，持續很久。

第一次覺得，人際溝通的重要性。群體生活中，有時要學會傾聽和禮讓，才能夠融洽。

晚上，眾人圍繞在營火前，一起唱歌，一起遊戲，平添許多難忘的回憶。

睡覺前，大家在帳篷中分別講述恐怖故事。

夜色昏暗蟲鳴鳥叫、冷風陣陣、以及人煙稀少。在這樣的情境中，讓恐怖故事更加扣人心弦，可怕的程度更勝以往。

大家驚呼連連，有人摀住耳朵，卻忍不住問道：「然後呢？啊，快繼續說下去。」

有人泰然自若，平靜地等待故事的發展。友人假裝鎮定，卻忍不住驚呼，然後又繼續維持大膽的假象。不管何種反應，這種熱鬧的氛圍，增加不少露營的樂趣。

當時，有個同學講到最恐怖的情節時，突然聽到外面有人大叫。

大家連忙跑出去，以為發生什麼意外。結果，原來是一個女同學，看到不速之客蟑螂，嚇到下意識的發出吼叫，讓大家虛驚一場。

除了恐怖故事之外，大家也分享了很多周遭生活。時光正好，氣氛正佳，大家的感情在那一刻變得更加緊密。

露營之所以有趣，就是因為和朋友一起共度時光，享受風景。

有空時，何不約三五好友，一同徜徉在大自然中，一起烤肉，一起在營地中，體驗露營的趣味？在忙碌的工作中，得到暫時的放鬆和自在。露營，讓人心曠神怡，也容易讓人愛上這種休閒活動。

還在等什麼？

現在，就出發吧。

國家圖書館出版品預行編目資料

小趣味／DJ之神、六色羽、雪倫湖　合著. ─初版.─
臺中市：天空數位圖書　2021.03
　面：公分
　ISBN：978-986-5575-25-0（平裝）

863.55　　　　　　　　　　　　　　110003357

書　　　　名：小趣味
發　行　人：蔡秀美
出　版　者：天空數位圖書有限公司
作　　　者：DJ之神、六色羽、雪倫湖
編　　　審：璞臻有限公司
製 作 公 司：君溢有限公司
版 面 編 輯：採編組
美 工 設 計：設計組
出 版 日 期：2021年03月（初版）
銀 行 名 稱：合作金庫銀行南台中分行
銀 行 帳 戶：天空數位圖書有限公司
銀 行 帳 號：006-1070717811498
郵 政 帳 戶：天空數位圖書有限公司
劃 撥 帳 號：22670142
定　　　價：新台幣260元整
電子書發明專利第 I 306564 號
※　如有缺頁、破損等請寄回更換

紙本書編輯印刷：
電子書編輯製作：
天空數位圖書公司　E-mail：familysky@familysky.com.tw　http://www.familysky.com.tw/
地址：40255台中市南區忠明南路787號30F國王大樓　Tel：04-22623893　Fax：04-22623863

Family Sky